GO! GO!
LOSER RANGER!
02

Negi Haruba

S. Die Göttlichen Dragon Keeper

Im Volksmund »Ranger« genannt.

Roter Keeper

Unmaskiert

Sosei Akabane

Das Gesicht der Ranger. Er ist sympathisch und schaut nett drein, was ihm viele Fans einbringt. Anführer der Roten Einheit.

Hey, das ...

... könnte ins Auge gehen.

Pinker Keeper

Anführer der Pinken Einheit

Ha ha ha!

So ein Depp.

Grüner Keeper

Anführer der Grünen Einheit

Hätte uns das nicht wer sagen können?

Meine Güte!

Gelber Keeper

Anführer der Gelben Einheit

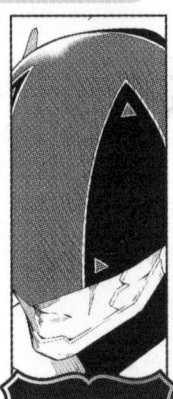

Blauer Keeper

Anführer der Blauen Einheit

Eine rätselhafte Rangerin, die mit D gemeinsame Sache macht, um die Ranger zu zerschlagen.

... dass wir beide die Ranger zerschlagen sollten.

Yumeko Suzukiri

Willkommen bei den Rangern.

Ich häb ein Auge für Leute wie dich, wenn ich so sagen darf.

Hibiki Sakurama

Ein farbloser Ranger. Er gehört keiner Einheit an und hat einen ausgeprägten Gerechtigkeitssinn.

Hibiki Sakurama

Die schurkische Monsterarmee V

Imitation

> Wenn die Keeper ihre Wurzeln in Drachen haben, sollten wir dann nicht zu Tigern werden?

Kämpfer D

Ein einfacher Kämpfer. Diese werdeb umgangs-sprachlich auch Duster genannt. Ein ehrgeiziges Monster, das den Traum der Weltherrschaft noch nicht aufgegeben hat. Hat auf eigene Faust die Ranger infiltriert, doch nun ...

× × × × × × × × × × × × × × × × × ×

\ Wie geil! /

Monsternotizen

Dank der Kraft der »Rekonstruktion« kann er sich »regenerieren« und jeden »imitieren«!

Rekonstruktion

Er ist so gut wie unsterb-lich und kann nur durch die Göttlichen Waffen getötet werden!

Imitation

Damit kann man jede Form annehmen, egal ob Menschen oder Dinge! Jeder Kämpfer hat Stärken und Schwächen, bei dem, in was er sich verwandelt.

Lies diese Zusammenfassung und schon kann's losgehen!

Kämpfer D infiltriert auf eigene Faust die Ranger, damit er zum Gegenschlag ausholen kann! Dank der Hilfe seiner rätselhaften Komplizin Yumeko Suzukiri schafft es es, dem Roten Keeper seine Göttliche Waffe zu entwenden! Doch die gleiche Waffe ist es auch, die D ins Jenseits schickt ... Was erwartet uns als Nächstes im epischen Kampf der Dragon Keeper gegen die Monster?!

02 INHALT

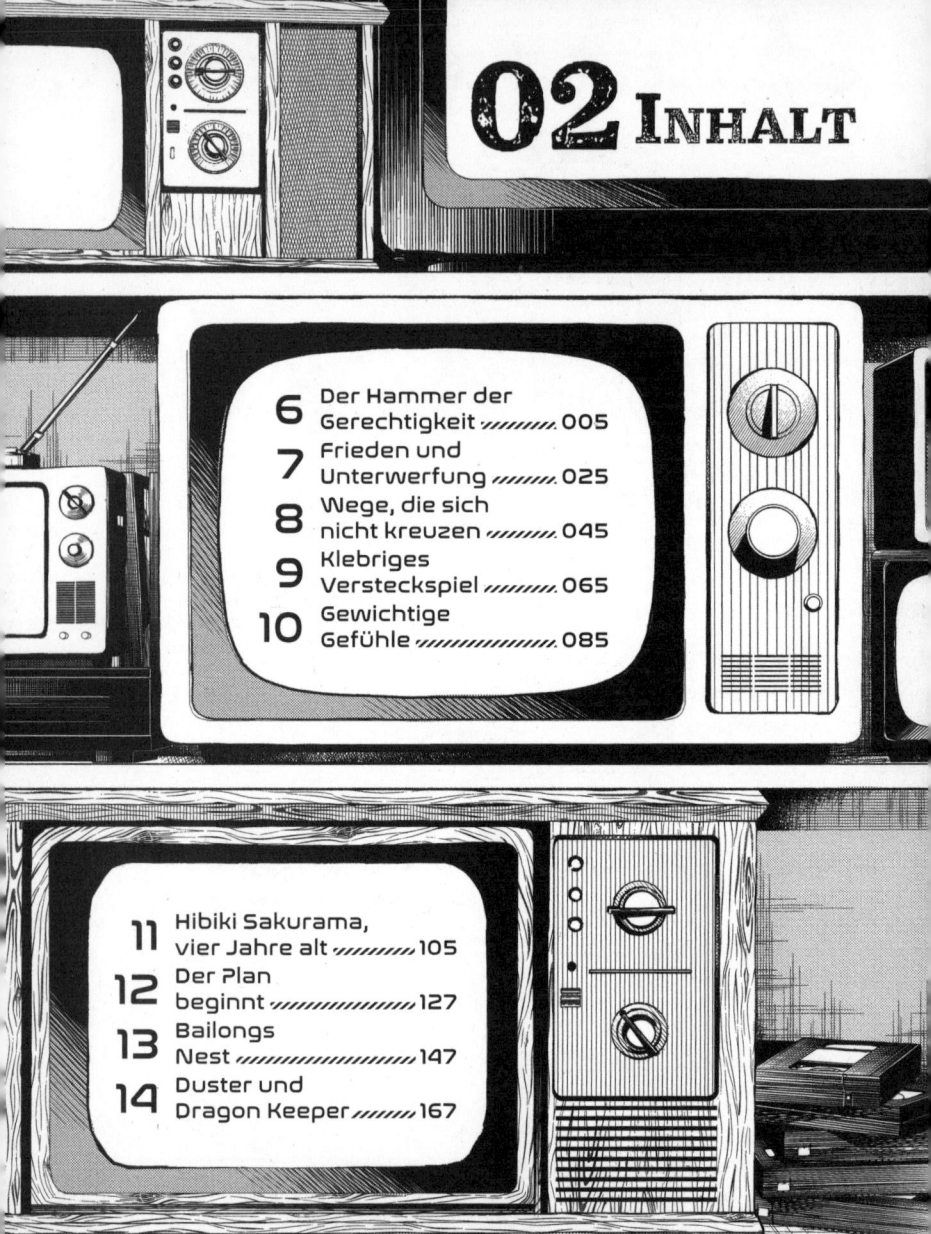

Kapitel 6:
Der Hammer der
Gerechtigkeit

Roter Keeper, Roter General

Der letzte Ranger ist nun hier.

Nun, Rot.

Jin Himura, Roter Generalleutnant

Wir sind vollzählig.

Gut.

Oh Gott, ist heute beim Sonntagskampf etwas Schlimmes passiert?

Masurao Nadeshiko Pinker Generalleutnant

Pinker Keeper, Pinker General

... seit sich beim Bankett nicht nur die Generäle, sondern sogar die Generalleutnante eingefunden haben?

Wie lange ist es her ...

Kanon Hisui, Grüner Generalleutnant

Ich hab Kohldampf wie ein Bär.

Lasst uns zuerst essen, das komplizierte Zeug kann warten.

Grüner Keeper, Grüner General

Wie willst du mit der Maske essen?

Ge-nau, du Drecks-weib!

Was fällt dir ein, uns warten zu lassen?

Hey, du!

Ich will zuerst noch was sagen.

Hey.

Blauer Keeper, Blauer General

Yumeko ist so ein Wild-fang, da weiß sogar ich oft nicht weiter.

Ach komm.

Hast du deiner Af-färe keine Manieren ...

... beige-bracht, Gelb?

Gelber Keeper, Gelber General

Steck dir deine Pseudo-Entschul-digungen sonst wohin!

Bamm

Tut mir ja sooo leid.

Hab ich etwa unrecht?

Du bist zu sanft zu ihr.

Es reicht, komm runter!

Blau!

Sag doch was! Bist du zur Salzsäule erstarrt, oder was?

Ausbildung und Disziplin, das ist die Rol-le der Blauen Einheit.

Untergebenen muss man Ma-nieren einbläu-en, sonst geht unsere ganze Organisation zugrunde.

10

Yumeko Suzukiri, Gelber Generalleutnant

Was fällt dir ein, Komachi?!

Au!

Das reicht nun!

Dompf!

Ugh!

Wie gemein! Blauchen, das ist voll peinlich für mich.

Komachi Aizome, Blauer stv. Generalleutnant

Als ob, du Schreck-schraube!

Ver-recke!

Moment mal! Was, wenn du so über mich denkst, wie Yumeko es sagt?

Ach, halt doch dein Maul.

Blauer Keeper!

Sonst werden die Kinder mehr Angst vor dir als vor den Monstern haben!

Du solltest ein wort-loser Held sein!

Ach Blauchen, nur schmutzig daherreden und dazu ein echt mieser Charakter.

Ihr seid doch Partner. Was soll das also?

Reiß dich zusammen, du Idiot!

Drachie
Maskott-chen

So, genug jetzt.

Au... Aufhören!

Du machst meinen geliebten Körper kaputt!

...
Mistvieh.

Spiel dich nicht auf ...

Für eine Kämpferin für die Gerechtigkeit gehört sich das nicht.

Und du, Gelber Generalleutnant, wieso warst du zu spät?

Was machen wir, wenn wir Fehler begangen haben?

...

Und das Essen wird auch kalt.

Streit führt zu nichts.

Ich hab's verkackt.
Ich glaub, meine Gött-liche Waffe wurde mir geklaut.
?!
Prust
Was, echt ?!
Das ist gar nicht gut.
Komachi, friss meine Portion nicht!

Darin schwitze ich wie sonst was.

Dank ihm kann ich mich nicht mal verwandeln und muss diesen Anzug tragen.

Heute Morgen hat mir ein Kämpfer ganz schön zugesetzt, bevor ich ihn erledigt habe.

Stimmt das wirklich?!

Ro... Rot!

Sorry, dass ich's dir erst jetzt sage.

Ja, Jin.

Zwölf Jahre sind es schon! Wir haben nie daran gedacht, dass sie vielleicht auch mal zum Gegenschlag ausholen!

Unglaublich...

Was, ein gewöhnlicher Kämpfer?

Oder...

Aber wenn der Kämpfer die Waffe nicht hatte, heißt das doch...

Dass er sie irgendwo versteckt hat.

Ich hab es euch gesagt, aber mir... hört ja keiner zu.

Möge der Hammer der Gerechtigkeit auf sie herabdonnern!

... dass er sie jemand anderem übergab.

Eine unentschuldbare Tat!

Sogar unter den Rangern wissen nur wenige vom Abkommen mit den Monstern.

Die Generäle und Generalleutnants jeder Einheit müssen sich auf alles gefasst machen und Gegenmaßnahmen entwickeln.

Einen Augenblick, bitte.

Du solltest als Roter Dragon Keeper zurücktreten.

Sagt wer? Du?

Wahrscheinlich willst du selbst der nächste Rote Keeper werden.

Du warst es doch, der die Info über die Göttliche Waffe geleakt hat.

Hah ...

Die Welt der Erwachsenen ist zum Kotzen.

Ohne Stärke gibt es keine Gerechtig-keit.

Aus dem weinerlichen Grünschnabel wurde der Rote Generalleut-nant.

Ich weiß am besten, wie sehr du dich angestrengt hast.

Du bist stark ge-worden.

Ich ...

Ich ...

Rot ...

Darauf freue ich mich.

Und irgend-wann wirst du stärker als ich.

Bwamm

Argh
...

Ro...

Rot
...

Mist! Das zählt nicht!

Ha haaa!

Komm schon, noch mal!

Ich hab gewonnen!

Ein Notfall!

Was soll der Wirbel?

Tapp

Tapp

Tapp

Hach ...

Ich könnte mein Leben lang weiterspielen.

Wollen sie den nächsten Sonntag besprechen?

Kommt nicht oft vor, dass sie sich hier zeigen.

Das Rangerschiff ist hier.

Los, schnell!

!

Wapp ラ
Wapp ラ
Wapp ラ
Wapp ラ
Wapp ラ

Was bringt euch hier- her?

Und sogar der Blaue ...

Der Rote Kee- per!

Und lächle doch.

Ent- spann dich.

Durch das Ab- kommen sind wir Verbün- dete.

Entspann dich also.

Immer mit der Ruhe.

Wir sind nicht hier, um zu kämpfen.

Aber ...

Ja ...

Äh ...

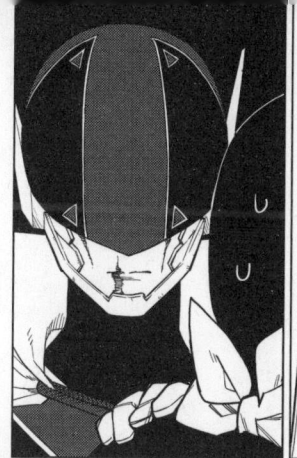

Was gibt es da zu lachen?!

Ha ha ha ...

Ne... Nein.

D und F haben auf eigene Faust gehan....

Sag jetzt bloß nicht, dass alle in diesem Schloss beteiligt waren.

Dir ist klar, dass deine Kumpels uns hintergangen haben?

... und werdet auch kollektiv dafür bezahlen!

Ihr tragt gemeinsam die Verantwortung ...

Weißt du, ich sorge mich, ob du deine Leute im Griff hast.

Willst du uns täuschen, hä?!

Wa... Was?!

Mist. Hätten die beiden das nur nicht gemacht.

Schuld haben die zwei, die sich als Helden aufspielen wollten.

Wir sitzen alle im selben Boot.

Die wurden doch auch verraten.

Ach was, Blau.

Doch damit es nie mehr zu einem derart traurigen Zwischenfall kommt, müssen wir Vorsichtsmaßnahmen ergreifen.

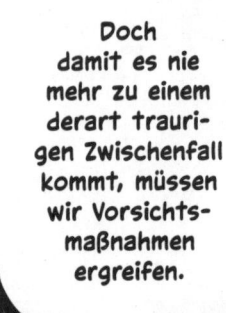

Das mag sein.

...wo sind die beiden?

U... Und ...

Sorry für die Drohungen.

Aber euch vertraue ich.

Kommt her!

Seit über zehn Jahren teilen wir schließlich Freud und Leid, wie richtige Partner.

Die haben wir ...

... abgemurkst, so wie eure Anführer.

Es tut
mir leid
...

Ich
bin Alan
Hekiru
...

...
Blauer
Leut-
nant.

Ähm
...

E...

Blauer
Oberleut-
nant ...

...
Shinta
Ruri.

Alan Hekiru, Shinta Ruri,
Blauer Leutnant Blauer Oberleutnant

Ist euch
Blaulingen
eine Laus
über die
Leber ge-
laufen?

Kommt
schon, aus
dem Bauch
muss die
Stimme
kommen!

Wir ko-
operieren
wirklich
...

Mo...
Mons-
ter ...

Bampf

Von
nun an sind
diese beiden
Herren für die
Ranger zustän-
dig, die hier
stationiert
werden.

Im Schloss
wird nämlich
eine Garnison
der Blauen Ein-
heit errichtet.

Upsi,
sind wir
zu spät mit
der Mittei-
lung?

Was
soll das
sein?

Leut-
nant?

Macht das nicht, bitte!
Fwapp
Wir können uns nicht noch mehr Verluste leisten.
Auch für den Sonntags-kampf wäre das proble-matisch.
Ich flehe euch an, macht das nicht.
Wir tun, wie uns befohlen wird.
Wider-stands-los.
Ich bin doch kein Depp wie D und F.
Keine Chance, dass ich kämpfe.
Da lebe ich lieber auf Knien weiter.
Was anderes bleibt mir eh nicht.

Feinde des
Friedens
...

... gehören
bestraft.

Un-
verzeih-
lich!

Dass einer
dieser Barba-
ren Hand an
meine Waffe
angelegt
hat ...

Bwamm

Tut
mir
leid!

J... Ja-
wohl?!

Alan.

General-
leutnant
Suzukiri.

Sie wären
dort sehr
gern ge-
sehen.

Wenn
Sie wollen,
kann auch der
Sakurama-Jun-
ge mitkommen,
der immer bei
Ihnen ist.

Die Pinke
und die Blaue
Einheit treffen
sich bald, um
über den Ro-
ten Keeper
abzuläs...

Ich meine
natürlich, für
eine Feier im
Anschluss ans
Bankett. Haben
Sie Interesse,
mitzukom-
men?

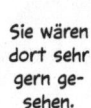

Aber um
mich geht
es hier eh
nicht.

Ihr
wollt
Hibiki,
nicht?

Hmmm,
danke,
aber
...

... ich
will daheim
noch ein paar
Folgen einer
Serie nach-
gucken.

Sie will
einfach
faulen-
zen?

Sehr
schade.

Ja, da... das habe i... ich live gesehen.

Dabei hab ich die echte Göttliche Waffe benutzt, so wie der Rote es wollte.

Ich hab letztens diesem Schwächling ja den Todesstoß versetzt.

Eigentlich wollte ich achtgeben, dass das Gebäude nicht beschädigt wird.

Der Kampfort war dieses Mal woanders, bei der Roten Garnison.

Wa... Was stimmt denn nicht? Die E... Explosion am Ende war doch genau, wie es sich gehört.

Ich dachte wirklich, ich hätte mich zurückgehalten.

Ich hab eine ganz schlimme Vorah- nung.

Ich lebe noch.

Yumekos Spreng- stoff hat mich wieder gerettet.

Stech

Argh ...

Hah ...

Ugh ...

Weißt du ...

... was das Schlimmste sein könnte?

Es gibt zwei Plätze, an denen zerstörte Kämpfer enden.

... Kriegsverbrecher behandeln.

Der Rote könnte uns als ...

I... Ich hatte damit nichts zu tun!

U... Uns ?!

... und die Göttliche Waffe hat.

Dass der Kämpfer geflohen ist ...

Entweder werden sie in das fliegende Schloss hineingezogen ...

... oder aber der Wind weht sie davon.

... berechnest die Windrichtung und folgst ihr.

Ich durchsuche das Schloss und du ...

Der Blaue ist überbesorgt.

... Wes-
bist du halb
hier? ...

Ranger
haben nur
einen Grund,
ein Monster
zu treffen.

Wes-
halb?

Du
willst ein-
fach nicht
sterben
...

...
also
will ich
dir hel-
fen.

Glaub nicht, dass ich dich hier rauslasse.

Da musst du erst an mir vorbei.

Woah!

Zosch

Wegen dieser blöden Verletzung kann ich mich kaum bewegen.

Mist.

Aua ...

Ohne zu zögern ...

Was für ein Hitzkopf.

!

Hey, das ist kein Party-trick!

Irgend-welche Wünsche?

Mein Gesicht, bitte!

Ooh, toll!

Ist doch furzein-fach.

Hä hä hä! Du fürchtest dich nicht davor, bei jedem Kampf in tausend Stücke gesprengt zu werden?

Jetzt bin ich auch ein Kämpfer.

Guck mal!

Un-glaub-lich!

Schaffst du auch dein eigenes Gesicht?

Hmpf!

Na ja, doch ...

Als ob du Trottel dazu geeig-net wärst.

Nichts leichter als das!

Wunder-voll!

Sag schon, wie lautet dein echter Name?

Für die Prüfung hast du einen falschen Namen benutzt.

Und deshalb will ich dich kennenlernen.

Und ich will, dass du mich kennenlernst.

Das würdest du gern wissen, was?

Du müsstest ihn kennen. Den Kerl mit der Pandafratze.

Jetzt kannst du noch fliehen.

So- bald meine Schmerzen nachlassen, gehst du hops.

Das sagte er auch. Was soll das sein?

Meinst du etwa Shun?

Schwer zu glauben, er ist schließlich Oberleutnant.

Ich habe ein Mitglied der Roten Einheit besiegt.

General

Generalleutnant

Oberst

Oberstleutnant

Oberleutnant

Leutnant

Ohne Dienstgrad

Ohne Einheit

Jede der fünf Einheiten hat eine Farbe, mit dem Dragon Keeper als General an der Spitze und fünf weiteren Dienstgraden.

Du sagst also, dass du das fünftstärkste Mitglied der Roten Einheit besiegt hast?

Echt? Hä hä hä ...

Ein wenig niedrig ...

Nummer fünf, was?

Wow!

Da grinst aber wer!

Stimmt. Ich bin die geborene Kampfmaschine.

Wenn das stimmt, habe ich dich womöglich unterschätzt.

Ein Monster, stark wie 1.000 Mann!

Genau!

Eine Gefahr für die Menschheit bist du!

Kämpfer D! Merk dir den Namen!

Ja, genau! Ich!

Und du willst die Ranger allein besie...?!

...dich dann D nennen?

Darf ich...

Sag mal...

Äh...

Ja...

Kämpfer D.

...

Du und deine Erdlingsmaßstäbe.

Haben nicht deine Eltern dich so genannt?

Hö?

Von mir aus.

Der Name wurde mir eh aufgedrückt.

Ich bin nur eine Schachfigur, die Befehle ausführt.

Solange sie am Leben waren, brauchte ich keinen Namen.

Alles, was ich habe, sind diese gestörten Anführer, die mich erschaffen haben.

Ich habe keine Eltern.

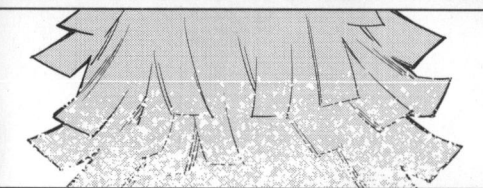

Es gab auch ein paar wenige Anführer, die in Ordnung waren.

Na ja ...

Und endlich weiß ich, was wir gemeinsam haben.

Bei den Rangern wurde uns nichts davon erzählt.

Nach dem Tod unserer Anführer gaben wir uns Codenamen, um uns auseinanderhalten zu können.

Pah!

Wie schwach ihr Erdbewohner doch seid.

Ja, schon.

Ich habe auch keine Eltern.

Sie sind schon verstorben.

Sie sind im ersten Jahr des Krieges gestorben.

...

Soll das Mitgefühl sein?

Ihr sterbt sowieso. Die einen früher, die anderen später.

Er war mein Vorbild und der Grund, wieso ich zu den Rangern ging.

Nach seiner Pensionierung als Keeper zog er uns auf.

Ein echter Held.

Wäre der damalige Blaue Keeper nicht gewesen ...

... wären meine große Schwester und ich auch gestorben.

Hättest du ihn nur weiterträumen können.

Das nenn ich Lebenstraum.

Ich konnte gerade noch so entkommen.

Durch die Medien wollte ich die Wahrheit hinter diesem Krieg ans Licht bringen.

Ich glaube, sogar unerkannt.

... wurde ich von jemandem angegriffen.

Doch am Treffpunkt mit dem Journalisten ...

Bohre ich nach, kommt meine Schwester in Schwierigkeiten.

Ich weiß nicht, wie weit diese dunkle Verschwörung geht.

Duster!

Und weinen, wenn uns danach ist!

Wir sollten lachen, wenn uns danach ist!

Wieso leben wir wie die Hunde?

... und leben in Freiheit!

Holen wir uns diesen Planeten zurück ...

Das ...

... ist alles, was ich gelernt habe.

Ha...
Hast du
hier ein
Monster
gesehen?

Leut-
nant
Hekiru!

Ich bin
Hibiki Sa-
kurama.

Ohne
Einheit!

Wie beru-
higend, ein
Kamerad.

Darf
ich etwas
fragen?

Ve...
Verste-
he.

Nein.

...

In der N...
Nähe hab ich
verdächtige
Fußspuren
gefunden.

Der Bl...
Blaue wird
durchdre-
hen, wenn
ich nicht
liefere
...

Ich hörte
zwar, dass
eines hier
frei herum-
läuft, aber
...

Sie waren noch frisch und es schien, als hätte irgendwer einen Körper herumgezerrt.

Außerdem gab's noch andere Fußspuren.

Verbeug

Es tut mir so leid!

Von deinen Schuhen!

Und wo ist das Monster jetzt?

Da... Danke, dass du ehrlich bist.

Hibiki, du Mistkerl!

Ich mach dich fertig!

Was zum ...?!

Ich habe nichts gesagt, um den Ruhm selbst einzustreichen.

Ehrlich gesagt ...

... habe ich einen verletzten Kämpfer gefangen genommen.

Ra... Ranger Sakurama, tritt zur Seite!

Hilfst du mir etwa?

Dich mach ich als Erstes fertig.

Was glotzt du so, Frontschwein?

Bist du nicht außer Gefecht, D? Wieso bist du hier?

Wow, ein echter Kä... Kämpfer ...

Blau, tut mir leid, dass ich an dir gezweifelt habe.

?

Alle drei?

Äh ...

Gehört der dort nicht zu euch?

Soll mir recht sein. Kommt her, alle drei!

Macht ihr euch in die Hose? Klar, ihr seid ja nur in der Gruppe stark.

Bampf

Was fällt dir ein, mich so zu täuschen?!

Du hast mich geschlagen!

Spinnst du?!

Aua!

Au ...

Au- weia ...

Blaudrachen-leviathan!

Offenbare dich, o Göttliche Waffe!

Wieso hat so ein Bengel wie du eine der Waffen?

Ich hab gehört, es gibt fünf davon.

Mo-ment mal ...

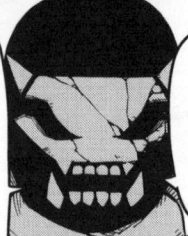

Replika einer Göttlichen Waffe

Sta... Stark genug, um Monster niederzu-metzeln.

E... Es ist nur eine Nach-bildung.

Wusch

Domm

Du
bist
...

... immer
noch in
meiner
Reich-
weite.

Bwamm

Abhauen löst doch kein Problem!

Igno- rier mich nicht!

I... Ich hasse Versteck- spiele!

Wusch Wusch Wusch

Aaaaaargh!

Wieso passiert so was immer nur mir?!

Weißt du, wie schlimm das war?!

Meine Freunde sind dabei immer ohne mich heim- gegangen!

Ni... Niemand entkommt meiner Waffe.

Der spinnt doch.

Und diese Waffe, die Schwert- hiebe ver- schießt ...

Hier ist's ge- fährlich.

Wa... Was
jetzt?

Er ist
weg?

Was?

Hä?

Die anderen
werden wü-
tend sein.

Er ist
abge-
hauen.

Bil-
de dir
nichts
ein.

Krick

So, jetzt suche ich!

A... Aber berühren kannst du mich nicht mehr.

So treibe ich dich in die Enge.

Klebrig. Langsam. Gründlich.

Ich glaube, ich verstehe, wie seine Freunde sich fühlten.

Dreeei.

Vieeer.

Füüünf.

Seeechs.

Gschlabb

Zlosch

Sieeeben.

Bist du ekel- haft!

Was ist das denn?!

Igitt!

Das soll eine Nachbildung sein?

Das Ding ist doch schon so zu mächtig.

Aaacht.

Neeeun.

Dem Schleim wohnt wohl die Kraft der Göttlichen Waffe inne.

Ich kann mich nicht regenerieren.

Zehn.

Blödsinn!

Nun denn.

Bist du ...

... bereit zu sterben?

88

Funkel

Trän

Funkel

Trän

Was du in der Hand hast, macht mir Angst.

Hör bitte auf.

Onkelchen.

waaah?!

Bist du nicht etwas zu groß?

Na ja, meine Größe kann ich nicht ändern ...

...

Wa...

Wa...

Jetzt ist's wieder fair.

So ein süßes junges Ding kannst du nicht angreifen.

Was soll das ?!
Du Monster!
Sa... Sagt der Richtige.
Jetzt weiß ich aber, wi... wie nervig der Kampf gegen ein Monster ist, das zurückschlägt.
Und ge... genau des-halb war's das jetzt mit dir.
Kacke ... Diese Waffe ist doch unfair.
Ich bin der Richter ...
... und finde das sehr fair.
Baschumm
Baschumm
Blotsch
Blotsch
Flink bi... bist du ja.
A... Aber ...

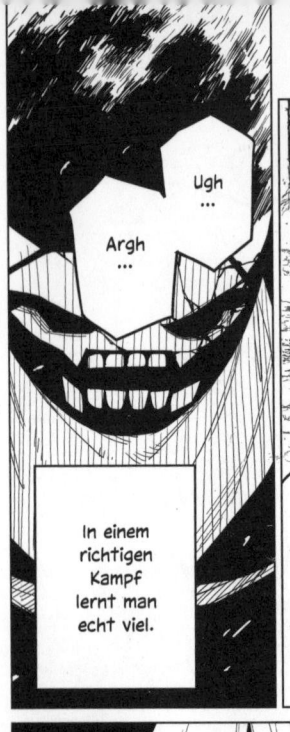

Ugh
...

Argh
...

Dompf

In einem richtigen Kampf lernt man echt viel.

So kann ich ihn nicht wegschmelzen.

Je größer die Reichweite, desto kleiner die Wirkung.

...
dann sollte ich schnell zum Ende kommen.

Wenn es mich so sehr belastet, die Kraft des Drachengottes zu rufen
...

Die sind doch alle Monster.

Die Dragon Keeper ziehen so was ruhig und gelassen durch.

D... Da hat wer wohl noch Kraft in den Beinen.

Dapp

Mach keinen Mucks!

Das ist unfair.

Feige Tricks bis zum Ende.

Wa... Was soll das?!

Schluss jetzt!

Ist dir egal, was mit ihm passiert?!

Na komm, beweg dich und ich ...

... schlitze den Hals dieses Frontschweins auf.

Du bist auch ruhig!

Hier erwartet dich nur der Tod.

Du kannst nicht gewinnen.

Das führt doch zu ni...

Bitte, hör auf.

Was?!

Ich sagte doch, ich werde nicht sterben!

Halt's Maul!

Du bi... bist ein Musterbeispiel eines Rangers.

Ra... Ranger Sakurama.

Du wirst doch nicht ...

Du wa... warst ein toller Ranger.

Doch aufsässige Mo... Monster gehören getötet.

Mit allen Mitteln.

De...
Deshalb bin
ich stärker
als du.

Gegen
di... dich
kämpfe
ich nicht
allein.

Rückblickend
bin ich i... immer
von Freunden
unterstützt
worden.

Ich bin
a... allen
dankbar,
die mich vor
Mobbing be-
schützt
haben.

Und je...
jenen, die mir
halfen, mich an
den Schulalltag
zu gewöhnen.

Sowie de...
denen, die mich
zu den Rangern
gebracht haben.

Und auch
je... jenen, die
mit mir Schwie-
rigkeiten über-
wunden haben.

Ach
so?

Alles
klar.
Warte
kurz.

?

Danke
an alle, die
me... meinen
Wert erkannt
haben.

Dass ich
das kann,
verdanke
ich meinen
Freunden.

Wer
...

Los, Kämpfer D! Mach die Ranger fertig!

Pah! Ich wusste, dass du's draufhast.

Ich unterstütze dich.

Kämpfer D, wie toll!

Kämpfer D, verlier nicht!

Ich bin nicht wegen meiner Gefühle so hilflos.

Und noch was!

...

Das ist die un... unüberwindbare Mauer zwischen uns.

Diese Pseudowaffe ist schuld!

Sicher nicht deine ach so tollen Überzeugungen.

Sprich so, dass auch ein Schwein es kapiert!

Argh! Was laberst du da für Müll?!

Die interessieren mich einen feuchten Dreck und spielen keine Rolle!

Wie du meinst ...

Auch mit de... dem Rücken zur Wand siehst du deine Niederlage nicht ein?

Du wirst keine Wahl haben, als den Unterschied zwischen uns ...

... zu akzeptieren.

Klotsch

... Erinnerungen an a... all diese Freunde.

... trage ich die ...

In dieser ...

... Faust ...

Ebenso die Bande mit meinen Freunden!

Ich zeige dir, wie mächtig Gefühle sind!

コ゛ン゛ン゛
Krack

Bwamm

wrah!

Wie
schwach!

Urgh!

Bwamm

Bwah!

Baff

Uff!

Bumpf

Grrr

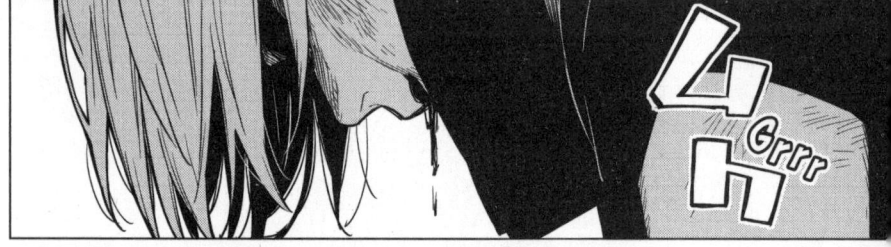

Dafür bin ich dankbar.

Sogar die Nachbildung ist Teil der Kraft, die sich aus meinen Beziehungen speist.

Ver... Versteh mich nicht falsch.

Swipp

Nun denn!

Ich zeige dir, wie mächtig Gefühle sind!

Die W... Waffe ist mit den Gefühlen aller Me... Menschen geladen, mit denen ich je zu tun hatte.

Hmm, seine Waffe stellt eine Bedrohung dar.

Wie kann ich ihn besiegen?

D! D!

Ich wollte immer das tun, was »richtig« ist.

Hibiki
Sakurama,
vier Jahre alt

Hibiki.

Mach so was nicht.

Zum Glück geht's dir gut.

Miau

Flatter

Na hör mal!

Kapitel 11: **Hibiki Sakurama, vier Jahre alt**

Du bist doch ein cleverer Junge, der die Zusammenhänge begreift.

Findest du es nicht anmaßend, wenn wir Menschen das Gleichgewicht der Natur ins Wanken bringen?

Jedes Leben ist gleich viel wert.

Krähen müssen auch essen, um zu überleben.

Und das bedeutete mir alles.

Meine Eltern waren die Gerechtigkeit für mich.

Ja
...

... Papa.

Sinnier
しみじみ

Ups, sorry, dass ich dich damit überfalle.

Wir stecken in der Zwickmühle, ist dir das klar?

Es ist zu früh und zu spießig, jetzt schon den Film über dein Leben vor deinem geistigen Auge abzuspielen.

Aber ich dachte, sonst gäbe es keine Gelegenheit mehr.

Was soll der Unsinn?

In einem fairen Kampf verlierst du nur.

Du verstehst doch, wie stark seine Replika ist, nicht?

Deshalb ...

Wa... Warte bitte!

Steck dir deine Nostalgie sonst wohin.

Ich mach jetzt den Stirnfransenjungen platt.

Solang ich's nicht versuche, weiß ich doch nicht, ob ich gewinnen kann!

Was bitte soll das bringen?!

... will ich, dass du mich erzählen lässt.

Der ist echt sauer auf dich.

Ich bin nicht weggelaufen!

Na hör mal!

Ich hab nichts gesagt.

Das war nur ein taktischer Rückzug.

Dapp

Wenn du einen besseren Plan hast, dann her damit!

!

Mich interessiert nur dein Plan.

Ich bin gerührt.

Danke!

Endlich hörst du mir zu.

Wenn das so ist ...

Ähem

Außerdem hab ich keinen Schiss vor dem Stotterjungen, ist das klar?

Ich sagte nicht, dass ich ihn befolge.

Wir waren eine vierköpfige Familie. Papa, Mama, meine Schwester und ich.

Wenn du ...

Für dich ist's langweilig, aber bitte hör mich noch kurz zu.

Guck mal, woran erinnert dich die Wolke dort?

... wird das großen Einfluss auf deine zukünftigen Kämpfe haben.

... mehr über mich weißt ...

Mehr Stadtplanung also. Die zerstören immer mehr von der Landschaft.

Ihr versteht das doch sicher.

... ohne uns um die Zukunft zu kümmern, aber die Natur wird es uns irgendwann heimzahlen.

Wir können zwar weiter Unmengen an Eisen produzieren ...

Sesera. Hibiki.

Ja!

Ich bete darum, dass ihr euer reines und gerechtes Herz, das wir euch anerzogen haben, nie verliert.

Okay!

Seht zu, dass ihr euch auch heute vor Gott stolz von eurer besten Seite zeigt!

Sesera.

Wohin gehst du?

Dann hat Papa recht?

Papa hat also unrecht, weil du die Dragon Keeper magst?

Äh ...

Nein, das nicht, aber ...

?

Egal. Irgendwann wirst du es verstehen.

Ein Knirps wie du kapiert das nicht.

Klar hat er recht.

Im Luftraum über Amano-gawa ist ein rätselhaftes Schloss erschienen.

Alle Anwohner werden gebeten, umgehend die Katastrophenschutzräume aufzusuchen.

Eine Eilmeldung!

Wenn aus dem riesigen Ufo Aliens herauskommen, dann vielleicht wirklich.

Werden wir sterben?

Der liebe Gott beschützt uns, Hibiki.

Er wird uns sicher beistehen, wir waren ja immer aufrichtig.

Auch heute Morgen schlugen sie erfolgreich Monster zurück, die in die Stadt geschickt wurden.

Bereits seit einem halben Jahr schwebt das Schloss über uns.

Doch dank der Bemühungen der Dragon Keeper haben wir immer weniger zu befürchten.

Ununterbrochen spuckt es Monster aus, die uns immer noch ein Rätsel sind.

Sie kämpfen für Gerechtigkeit.

Die sind so toll!

Wieso werden sie nur von allen unterstützt?

Die Dragon Keeper sind nichts weiter als ein Haufen Barbaren.

Mach den Fernseher aus.

DRAGON KEEPER NEIN, DANKE

Frieden schaffen ohne Waffen!

NO

Stoppt die Gewalt!

Dialog statt Krieg!

Auch Monster haben Rechte!

Wieso willst du mich aufhalten?

Denk mal darüber nach!

Du fragst wieso?

Patsch

Denk mal darüber nach!

Du fragst wieso?

Trapp

Hibiki!

Bwamm

!

Glaubt ihr auch an mich?

Dann errette ich euch auch.

Papa ...

Hibiki!

Mama ...

Hallo.

Ich bin's, Gott.

Krsch

Hibiki, alles okay?

Danke, Sesera ...

Ugh ...

Waah!

Ah ...

Oh nein!

Zum Glück ist dir nichts pa...

Hah
Hah

Krk

Was zum ...

Sorry für die schmerzliche Erfahrung.

... Seseras Tod unvermeidlich?

... sind dann Mamas und Papas und ...

Wenn jedes Leben gleich ist ...

Lauf ...

Hibiki ...

Bwoh

Es ist gleich vorbei.

... Sesera zu helfen?

Ist es dann auch falsch zu versuchen ...

Ich werde meine Liebsten beschützen.

Ich verstehe nicht ...

... was richtig ...

... und was falsch ist.

Bitte, egal wer, sag es mir.

Be-greifst du nun, dass du nicht wegrennen kannst?

Sei der Feind auch noch so stark.

Okay, D, so wie ich's gesagt habe.

Schluss mi... mit dem dummen Versteckspiel.

I... Ich bin müde.

Spinnst du?!

Hä?!

Und warum sollte ich auf dich hören?

Findest du?

Deine Strategie bringt uns noch ins Grab!

Also ich glaube, dass wir das schaffen können.

Ich vertraue dir.

Unser Ziel ist ja dasselbe.

... ist das, was du machst, falsch.

Fakt ist, du bist ein Ranger. Deshalb ...

...

Ist eh egal, was ich sage.

Stimmt.

Aber ...

... ich glaube daran, dass ich recht habe.

Ich habe ...

... immer so gelebt, wie andere es für richtig hielten.

Kapitel 12: Der Plan beginnt

Unser Ziel ist die Göttliche Waffe.

Zuerst tauschen wir die Plätze.

Hier ist der Plan.

Das hat er doch von Anfang an so geplant.

Mach jetzt bitte eine Maske und lass sie mich tragen.

Ein Scherz-artikel.

Was ist das denn?

Äääh ...

Abstand ist das A und O.

Er darf uns dennoch nicht zu nahe kommen.

Ha...

Halt, bitte!

Wenn du ihm die Waffe nicht gibst, tötet er mich!

Leutnant Hekiru, hör auf, ich flehe dich an!

Eine Geisel? Lernt er nie dazu?

Als ob ich ihm die Waffe gebe.

... haben sie womöglich Plätze getauscht.

Mit seiner Fähigkeit ...

Es ist ja durchaus möglich, dass sie zusammenarbeiten.

Ich habe vorhin Verstärkung vom Hauptquartier angefordert.

Halte bis dahin bitte noch durch!

Und dann sagst du ...

Das nervt. Ich mache einfach beiden den Garaus.

!

Ich könnte es aus dieser Notlage rausschaffen.

Es gibt vier Möglichkeiten.

Ma... Mach hin.

	Sie kooperieren nicht	Sie kooperieren
Sie haben Plätze getauscht	⬤ ✖	✖ ✖
Sie haben nicht Plätze getauscht	✖ ⬤	✖ ✖

Kooperieren sie?

Haben sie Plätze getauscht?

Sobald ich das weiß, bin ich im Vorteil.

Egal, wer er in Wirklichkeit ist ...

Der hinten haut nicht ab.

Ich soll sie herbringen?

Hä?

Weg von der Waffe!

Ich hab dich gefunden, Monsterlein!

Sie haben getauscht!

Welcher ist er?

Wieso läuft er weiter?

Oder aber der unschuldige Ranger Sakurama?

Das Monster? Oder ein Überläufer?

Ich wusste es!

Tschick

Du und ich sind doch auf spezielle Weise verbunden.

Du wirst mich nicht verraten.

Ach, keine Sorge.

Wieso hast du meine Waffe in der Hand?

Ranger Sakurama?

Huch?

Wehe, du tötest mich wirklich.

Tu aber nur so!

Das sagt sich so leicht.

... und stoße dich dann die Klippe runter.

... mache einen falschen Kopf von dir ...

Kurz gesagt, nehme ich seine Waffe ...

Ssst

Ich wollte nur wissen, ob all das echt nötig ist, damit er uns den Körpertausch abkauft.

Ist das nicht etwas schwer?

Hä?! Ach was, ein Kinderspiel!

Ich werde mein Ziel erreichen, auch wenn ich dafür alles aufgeben muss.

Meine Position als Ranger wird alles nur verkomplizieren, wenn ich noch weiter mit den Schattenseiten der Gesellschaft zu tun habe.

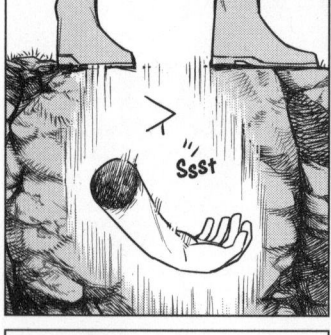

Plitsch

Platsch

Und zweitens, und das ist wichtig ...

Ich bin gegen den Plan.

Wieso denn?

Bis dahin will ich, dass du meinen Platz einnimmst, D.

Die Gelegenheit packe ich beim Schopf und töte ihn!

... selbst wenn alles glattläuft, wird er halt unbewaffnet gegen mich kämpfen.

Irgendeinen Gegenangriff wird er schon in petto haben.

... glaube ich nicht, dass er die Waffe brav aushändigen wird.

Erstens ...

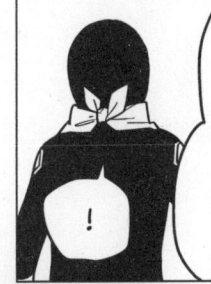

!

Dann mach's halt.

Aber was soll dann geschehen?

Ich mach ihn einfach selber fertig.

Verhandlung gescheitert. Du bleibst hier.

Kämpfen und wieder gewinnen.

Ja und dann?

Auf zum nächsten Feind und ... zum nächsten Sieg.

Und dann?

Einfach nur jeden, der vor dir auftaucht?

Es scheint, als wär's dir egal, was das für Konsequenzen hat.

Falls du so wie ich ...

Wer soll das denn sein, den du besiegen musst?

Uff ...

Nerv nicht. Was willst du überhaupt?

... ewigen Kämpferei wünschst, dann benutz mal dein Gehirn.

... ein Ende dieser ...

... aber mir ist jedes Mittel recht ...

Das ist die Gerechtigkeit, an die ich glaube.

... wenn dieses sinnlose Blutvergießen, das nur Leid über uns bringt, endlich endet.

Mir ist egal, wer gewinnt.

Die Menschheit wäre mir zwar lieber ...

Grr Grr

Was?!

Wir Monster wollen nur eines, die Weltherrschaft!

Red keinen Stuss, ich will nicht das Gleiche!

Krack

Bomm

Gegen die Ranger funktioniert's halt nicht, einfach allein auf gut Glück anzugreifen.

Versuch's doch einfach.

Und du glaubst, ich könnte brav und gehorsam sein und gleichzeitig Hibiki spielen?

Pah ...

Wenn hier einer keinen Weitblick hat, dann bist das doch du.

Dieselben Ranger, die angeblich nicht mal checken, wenn einer von ihnen sich als Monster ausgibt?

Ach so?

Du hast recht.

...

Hey!

Stopp!

Gwipp

Im Vergleich zu euch, die so viel Leid durchgemacht haben ...

... ist meine Entschlossenheit eigentlich nur Naivität.

Falls du das mit dem Siegen ernst meinst ...

... dann akzeptiere bitte meinen Plan und kämpfe nicht.

Ein totes Monster ...

... und zwei überlebende Ranger.

Wie soll ich sagen ...

Ähm, nun ...

Also ...

Fwusch

Keine Chance.

Oh, okay ...

Leutnant Hekiru höchstpersönlich wird den Kampf bezeugen können.

Die Kraft unserer Beziehung!

... bin ich verwirrt und verunsichert.

Seit er mich gerettet hat ...

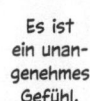

Es ist ein unangenehmes Gefühl.

... Duster-Kameraden und die Anführer.

Er ist anders als meine ...

Nun geht es los.

Der Plan ist aufgegangen.

Ja!

Ugh ...

Ich werde meine Schwester retten.

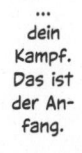

... dein Kampf. Das ist der Anfang.

Hier beginnt mein ...

... oder besser gesagt ...

Ich bin zurück.

So wie ich mein Leben einmal fast verlor.

Dabei hab ich diese Möglich-keit schon einmal auf-gegeben.

Was kann ich hier tun?

Wen soll ich besie-gen?

Und
...

... ein wenig dünner bin ich auch.

Hier tut's noch ein wenig weh.

Ich schaffe das.

Meine Tarnung ist perfekt.

Ich weiß noch so vieles nicht.

Ich wusste ja nicht, dass außer den Keepern noch wer Göttliche Waffen benutzt.

Ein wenig Energie hat mich das schon gekostet.

Das gilt vor allem für deine Gegner.

Es ist wichtig, andere Leute zu verstehen.

Die Zeit mit ihm war zwar kurz, reichte aber, um ihn kennenzulernen.

Nur seinen Namen.

Den Stirnfransenjungen kanntest du also nicht?

Wieso hast du dann seine Persönlichkeit in den Plan eingewoben?

Sorry, Hibiki ...

... ich werde deine Erwartungen nicht erfüllen.

Ich kämpfe nur für mich.

Training? Sonst noch was?

Ich verplempre meine Zeit doch nicht mit so was.

Tapp

Tapp

Tapp

Ich muss hier schnell raus und die Dragon Keeper ausfindig machen!

Alle Kadetten mögen sich in zehn Minuten in Trainingsraum 3 versammeln!

!

Piep

Piep

Was soll das?

Piep

Das Ding nervt.

Piep

Oh!

Krack

Hah Hah Hah

Los, sonst drehen diese wahnsinnigen Ausbilder wieder durch.

Wir sind voll spät dran.

Hey, Hibiki!

Wo bin ich?

Wo bitte ist der Ausgang?

Wo warst du den ganzen Tag?

Oh

Fenster gibt's auch keine.

Was geht hier vor?

Äh ... Okay.

Yamato Kurusu.

Den kenne ich doch.

Er scheint gleichzeitig mit Hibiki eingerückt zu sein.

Er hat mich am Morgen herumirren sehen und mich hergeführt.

Wohin hat er mich gebracht?!

Yamato Kurusu

Bis gestern hast du dich hoffentlich genügend amüsiert.

Ja, wer nicht?

Aber während der Trainingsperiode darf man nicht raus.

Ich will lieber rausgehen ...

Hör mal ...

Keller?

Hä?

Ab heute ist wieder Kellerleben angesagt.

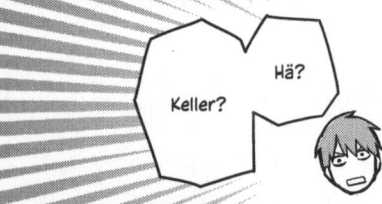

Geh lieber zum Arzt, ich sag den Ausbildern Bescheid.

Geht es dir immer noch nicht gut, Hibiki?

...

Ich will aber die Dragon Keeper treffen ...

Wir müssen so lange weitermachen, bis wir von einer der ...

Aber schon vergessen, dass wir farblose Ranger sind?

Das ist mir schon klar.

Alter, Hibiki ...

... fünf farbigen Einheiten ausgewählt werden.

Das ist dein Dienstgrad? Echt?

Bailongs Nest

EG

Büro
Lobby
Warteraum
Rezeption
Eingang

1. UG

WC
Waschraum

Ausbilderzimmer
Lagerraum

Sc

Was ist das denn?

2. UG

W
wa

Ausbilderzimmer
Lagerraum

Bai-
longs
Nest
...

3. UG

Ausbilderzimmer
Lagerraum

Schlafr

4. UG

Frauenbad

Maschinenraum

erbad

Kantine

Trainingsraum 3

Hier bin ich also.

5. UG

Computerraum
und Bibliothek

Trainingsraum 2

Lehrerzimmer

Besprechungs-
zimmer

Werkraum

6. UG

Trainingsraum 1

... ach was, zum Dragon Keeper aufsteige.

Ich dachte auch, dass ich flugs zu einem Ranger ...

Trainingsraum 3

Wie langweilig.

Aber Kadetten sind halt wohl so.

Doch dieser verdammte Sosei Akabane ignoriert mich.

Kreeeisch

Ein Menschheitstraum!

Die Rangerinnen würden bei meinem Anblick kreischen!

So ist's doch besser!

Was?

Was für ein trostloses Zimmer.

Und da sind wir schon.

Was für Kumpels. Die zukünftigen Ranger, was?

Was machen wir heute?

Mir egal.

Mist ...

Das werden ja immer mehr.

Sie sind alle gute Leute.

Früher oder später wirst du auf die anderen Rekruten stoßen.

Lies sie dir bitte gut durch.

Am Computerterminal im Zimmer hab ich dir eine Notiz hinterlassen, wie ich zu ihnen stehe.

Au- weia!

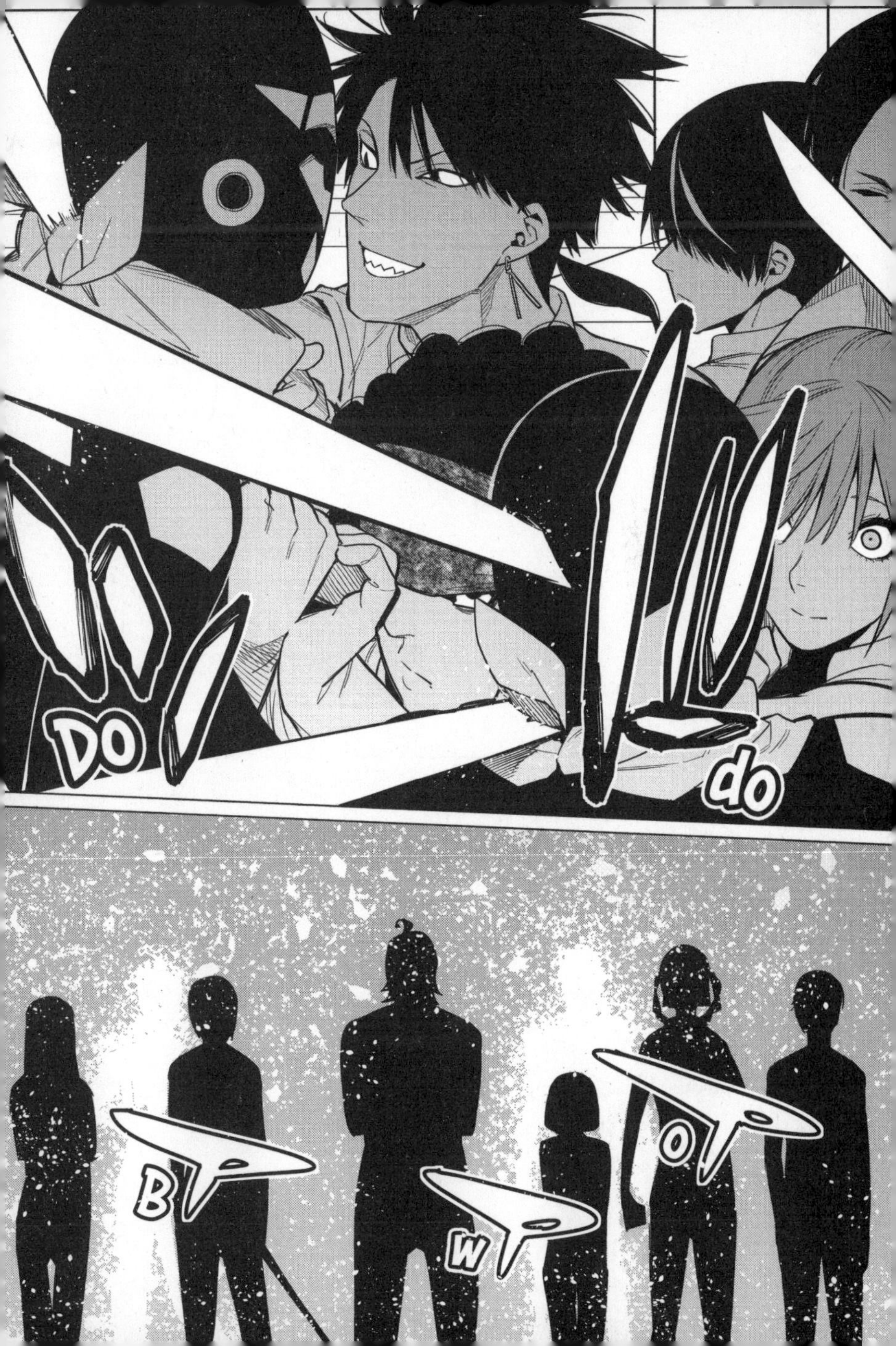
DO
do
B
W
O

Mein erster Tag ...

Endlich vorbei.

Flomp

Dabei soll ich vermeiden, erkannt zu werden?

Soll das jetzt jeden Tag so weitergehen?

Die Erdoberfläche ist die Hölle ...

Na ja, eigentlich ist dafür nicht die Zeit.

Wie soll ich hier zur Ruhe kommen?

Was soll der Lärm?

Schon klar, ich hab noch viel zu tun.

Domm

domm

Zuck

Kapitel 13: Duster und Dragon Keeper

Wenn ich unerkannt hierbleiben will, muss ich mehr ...

... über dich wissen, Hibiki!

Repa- rieren?

Unmög- lich.

Bitte!

Mach einfach irgend- was!

Ich brauche aber das hier.

Besorg dir ein neues, das geht schneller.

Mit so einem ka- putten Ter- minal kannst du nicht mal wen kontak- tieren.

Ich ver- such's mal.

Eigentlich bin ich vom War- tungspersonal. Terminals sind nicht meine Aufgabe ...

Ah, dann hätte ich noch eine Bitte.

Bitte ... Hibikis Da- ten sollten da drauf sein.

Kann ich dich dafür um einen Gefallen bitten?

Vielleicht sind's die Wasserrohre.

Die Wände sind sehr dick.

Na gut. Ich schau dann bei dir vorbei.

Der Lärm in meinem Zimmer ist nicht auszuhalten, würdest du mal nachsehen?

Den töte ich zuletzt.

Sympathisch.

Was für ein verständnisvoller Ranger.

Gut, dass ich dich treffe.

Äh, du auch.

Ich hab nämlich was für dich.

Gutes Training heute.

Ah!

Hibiki.

Ich hab die Ausweise aller farblosen Ranger erneuert. Sei so nett und verteile sie.

Ist das etwa komisch?

Mein Rangerausweis?

Wieso hast du ihn?

Yamato Kurusu

Ich wollte mit den anderen wenig zu tun haben ...

... aber auf lange Sicht hab ich keine Wahl.

Gehen wir.

Nicht wirklich.

Eher typisch für dich.

Die anderen sind in der Kantine. Kommst du mit?

Machst du jetzt einen auf Klassensprecher?

Da sind persönliche Daten drauf.

Wieso hast du die Ausweise von allen?

Da will sich wer bei den Ausbildern einschmeicheln. Das wird dir jedoch nichts nützen.

Ranmaru.

Eigen.

Also ...

Nichts liegt mir ferner. Hier.

Er sagt kaum was, weshalb er schwer einzuschätzen ist.

Und der Speichellecker.

Danke.

Er sieht Hibiki zweifellos als Rivalen an.

Beim Kerl mit den kleinen Augen muss ich vorsichtig sein.

Ranmaru Koguma

Eigen Urabe

Die sollten mal das Bild wechseln.

Ist doch beschämend.

Ist schon länger her, seit du eingerückt bist, nicht?

Sojiro

Dein Ausweis, bitte sehr.

So... Ishikawa.

Herrje ...

Tja, die Kraft der Jugend eben.

Nach dem Training noch so gut drauf?

Angelica.

Ich bin froh, dass diese arrogante Tussi sich von mir fernhält.

Sei nicht so. Gemeinsam zu essen macht Spaß!

Was? Siehst du nicht, dass ich esse?

Ich find's allein angenehmer!

Wieso seid ihr hier?

Angelica Yukino

Da wir Kameraden sind, würd ich gerne ihre Freundin werden.

Ich bin wohl nicht der Einzige, den sie hasst.

Andererseits ...

Eine düstere Gesellin.

Angel.

Wie will so eine mit den ganzen Strahlemännern kämpfen?

Aber was soll's, wir sind eben auch Rivalen ...

?

Angel Usukubo

173

Kai Shion

Was sollte das denn?

Hey!

Du hast das gesehen?

Tut mir leid, meine Hand hat sich verkrampft.

Eigen zeigt's mir direkt, aber diesem Ekelpaket geh ich lieber aus dem Weg.

Kai sieht mich als Feind, genau wie Eigen.

Drückeberger wie du sind lästig.

Geh zu Mama, wenn du nicht mal ein Monster erledigen kannst.

... als du nur weggerannt bist und kein Monster besiegt hast?

So wie beim Training heute ...

Hast du mich beobachtet?

!

Ah, ein Versehen, schon klar.

Früher wäre ich durchgedreht, doch ...

... ich muss mich zusammenreißen.

Ich verliere doch nicht gegen euch.

...

Und durch sie weiß ich jetzt auch mehr über Hibiki.

Das Risiko war's wert.

Jetzt verstehe ich meine Kameraden besser.

Puh ...

Ts!

Das ist der Kampf, den ich führen muss.

Ich führe sie alle an der Nase herum.

Das schaffe ich!

Wartet es nur ab!

Sesera Sakurama

Geht es dir gut?

Sorry, ich muss morgen früh raus!

Hibiki!

Stopp, warte!

!

Ja
...

Äh
...

Gut
...

Ich
...

Das war seine Schwester.

Zum Glück hat mir Hibiki ein wenig von seiner Kindheit erzählt.

Sie war auch eine Rangerin?

»Warte«? Die sollen mal auf mich warten!

Das ist mir zu viel.

Hah

Hah

Patamm

Domm

Domm

Blöder Hibiki, sag mir, was hier los ist!

Dieser Drecks-lärm!

Ich denk grad nach!

Domm

Klack

Ich hab schon genug Stress.

Der Lärm ...

... scheint von hier zu kommen?

183

Die Menschen-tarnung macht mich fertig.

Komm schon, lass mich frei.

Ganz genau, Hibiki.

Du darfst weiterleben, keine Angst.

Aber auch alle Erdbe-wohner.

Selbstver-ständlich töte ich diese widerwärti-gen Dragon Keeper.

Bamm

DaPP

Mist, ich krieg die Panik.

Ich muss mich be-ruhigen!

Huch!

Was ist los?

Du bist nicht allein?

Ist da wer?

Ich dachte, ich könnte alles beenden ...

Doch jetzt ...

... weiß ich nicht mehr, wen ich besiegen soll.

... sobald ich alle besiege, die vor mir auftauchen.

Ich weiß ...

... noch so vieles nicht.

Go! Go! Loser Ranger! 2 – Ende

Frühe Charakterentwürfe

Kämpfer D

◀ **Kämpfer D** ▶

Grün #2

Grüner Generalleutnant
Kanon Hisui ▶

Blau #3

Blauer stv. Generalleutnant
◀ **Komachi Aizome**

Apathischer
Junge

Blauer Leutnant
Alan Hekiru ▶

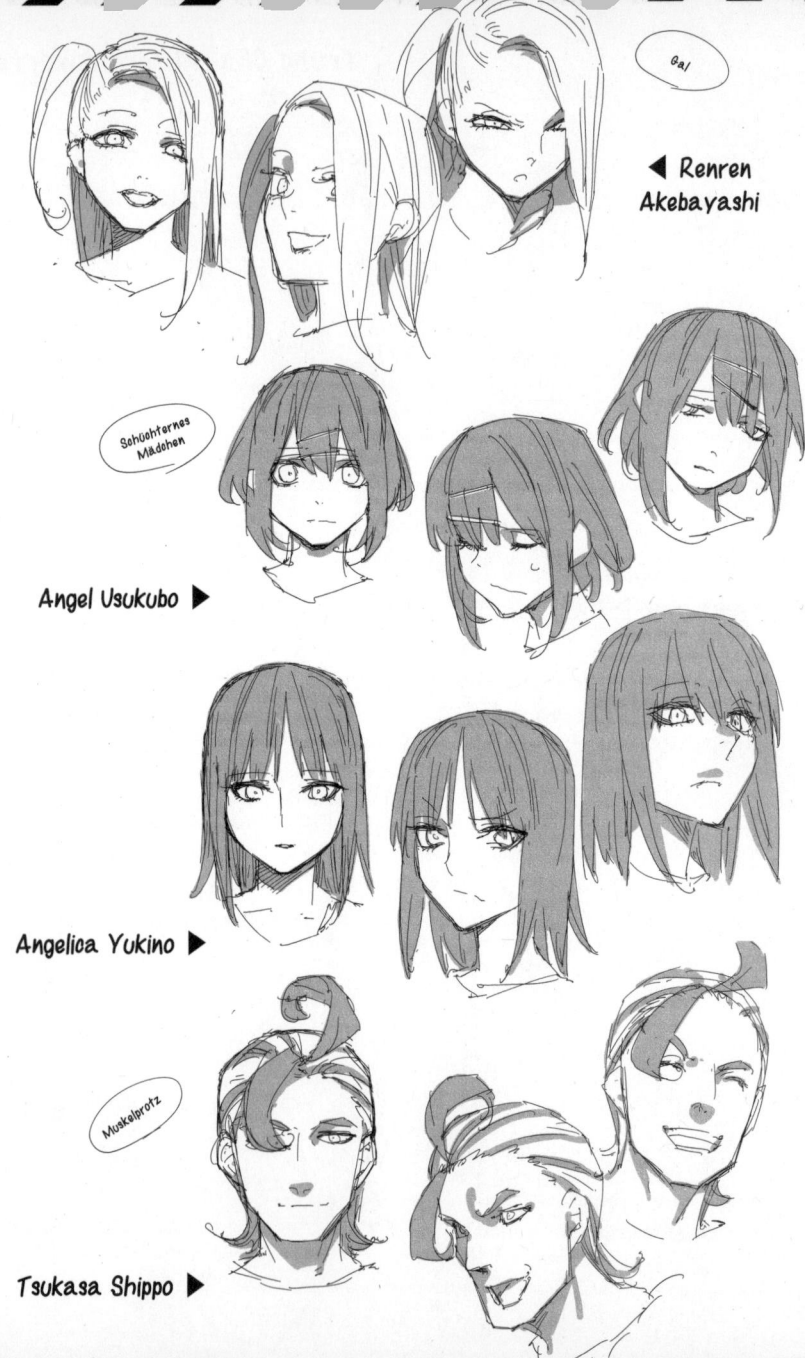

Gal

◀ Renren
Akebayashi

Schüchternes
Mädchen

Angel Usukubo ▶

Angelica Yukino ▶

Muskelprotz

Tsukasa Shippo ▶

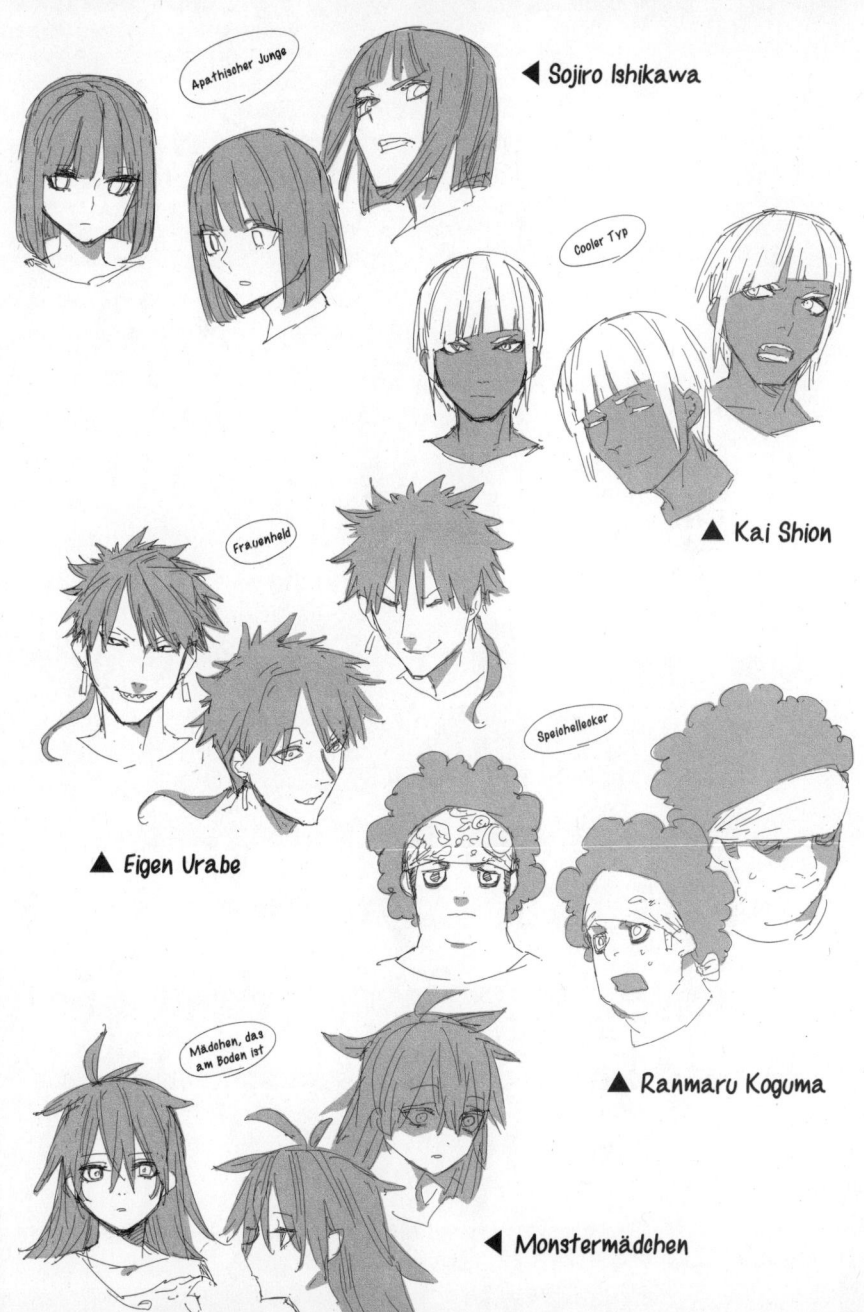

Apathischer Junge

◀ Sojiro Ishikawa

Cooler Typ

▲ Kai Shion

Frauenheld

▲ Eigen Urabe

Speichellecker

▲ Ranmaru Koguma

Mädchen, das
am Boden ist

◀ Monstermädchen

Vor ihm ist Sesera Sakurama!

Und hinter ihm ist das rätselhafte Monstermädchen!

Dieser Infiltrations-plan ...

... ist zu schwer!

Gib dennoch niemals auf, damit dieser Kampf ein Ende hat!

 Fortsetzung folgt in Band 3!

altraverse

Deutsche Ausgabe / German Edition
© Altraverse GmbH – Hamburg 2024
Aus dem Japanischen von Gregor Wakounig

SENTAI DAI SHIKKAKU
©2021 Negi Haruba. All rights reserved.
First published in Japan in 2021 by Kodansha Ltd., Tokyo.
Publication rights for this German edition arranged
through Kodansha Ltd., Tokyo.

 **KODANSHA**

Redaktion: Anh Tu Nguyen
Herstellung: Vivien Bergau
Lettering: Vibrant Publishing Studio

Druck: Nørhaven A/S, Viborg
Printed in Denmark

MIX
Papier aus verantwor-
tungsvollen Quellen
FSC® C104608

ISBN 978-3-7539-2240-9
1. Auflage 2024

www.altraverse.de